AF355980

V

Vente du Vendredi 27 Décembre 1872

SALLE N° 3

JOLIE COLLECTION

D'ANCIENNES

FAIENCES FRANÇAISES

ET AUTRES

PORCELAINES

OBJETS VARIES

EXPOSITION PUBLIQUE:

Le Jeudi 26 Décembre 1872

M° CHARLES PILLET,
COMMISSAIRE-PRISEUR
10, rue de la Grange-Batelière

M. CHARLES MANNHEIM,
EXPERT
rue Saint-Georges, 7.

CATALOGUE

D'UNE JOLIE COLLECTION

D'ANCIENNES

FAÏENCES FRANÇAISES

ET AUTRES

DES FABRIQUES

D'Urbino, de Castelli et de Delft, de Rouen, de Nevers de Sinceny, de Marseille, etc.

PORCELAINES ANCIENNES DE SAXE, DE LA CHINE ET DU JAPON ;

SCULPTURES, PENDULES LOUIS XIV, BRONZE, OBJETS VARIÉS

ET DONT LA VENTE AURA LIEU

HOTEL DROUOT, SALLE N° 3,

Le Vendredi 27 Décembre 1873

A DEUX HEURES

Par le ministère de **Me CHARLES PILLET**, Commissaire-Priseur,
10, rue de la Grange-Batelière,

Assisté de M. **CHARLES MANNHEIM**, Expert,
7, rue St-Georges.

Chez lesquels se trouve le présent Catalogue.

EXPOSITION PUBLIQUE:

*Le Jeudi 26 Décembre 1872, de une heure et demie
à cinq heures et demie*

CONDITIONS DE LA VENTE.

Elle sera faite au comptant.

Les adjudicataires payeront *cinq pour cent* en sus des enchères.

L'exposition mettant le public à même de se rendre compte de l'état des objets, il ne sera admis aucune réclamation une fois l'adjudication prononcée.

Paris.— Imp. de PILLET fils aîné, rue des Grands-Augustins, 5.

DÉSIGNATION DES OBJETS

FAIENCES DE ROUEN

1 — Très-belle pièce d'angle pouvant servir de jardinière, reposant sur des pieds formés de mascarons. Elle est couverte d'un riche décor polychrome à fleurs et ornements.

2 — Deux belles assiettes à décor rayonnant, ornements et corbeilles de fleurs en camaïeu bleu. Belle qualité.

3 — Deux autres belles assiettes, offrant au centre un large écusson armorié, et au bord, des ornements variés ; le tout en camaïeu bleu.

4 — Jolie fontaine-applique en forme de vase, à décor de fleurs et d'ornements en bleu et rouille, et portant sur la face un large écusson armorié surmonté d'une couronne ducale.

5 — Deux beaux vases, forme balustre, à couvercle, décorés de fleurs et d'ornements en camaïeu bleu rehaussé de jaune.

6 — Grand et très-beau plat rond, couvert d'un riche décor de fleurs et d'ornements en camaïeu bleu, et portant au centre un écusson armorié.

7 — Beau cachepot de forme droite à côtes, décor polychrome à vases et festons de fleurs, draperies et ornements.

8 — Deux cachepots de même forme, décorés de festons de fleurs et ornements en camaïeu bleu.

9 — Buire forme casque, et bassin de forme oblongue à pans, décor polychrome *à la corne*.

10 — Pot à eau à couvercle et cuvette oblongue de même style de décor.

11 — Grande soupière de forme oblongue avec plateau à contours et à couvercle surmonté d'un serpent enroulé, décor polychrome à fleurs et ornements.

12 — Soupière de forme analogue avec plat oblong, décorée d'attributs divers et de vases de fleurs de style chinois. Le bouton du couvercle est formé de deux dauphins debout émaillés bleu.

13 — Plat rond à bords festonnés, décor polychrome *au carquois*.

14 — Plat oblong à contours, décor polychrome *à la corne*.

15 — Plat de même forme, un peu plus grand et de décor analogue.

16 — Cuvette oblongue à pans, décor polychrome; au centre, une corbeille de fleurs; ornements et fleurs au bord.

17 — Grand plat long à contours, décoré de festons de fleurs et d'ornements en camaïeu bleu.

18 — Cachepot de forme ovale à deux anses mascarons en relief, décoré de fleurs et d'ornements en camaïeu bleu.

19 — Deux plateaux oblongs à pans, sur piédouche rond, à décor en camaïeu bleu.

20 — Hanap modèle casque, à décor en camaïeu bleu.

21 — Autre hanap de même décor, mais plus riche.

22 — Bassin oblong à deux anses, décor polychrome à fleurs et ornements.

23 — Plat ovale à contours, décor polychrome à fleurs et oiseaux.

24 — Plat analogue à celui qui précède.

25 — Grand plat rond à bord festonné, décor polychrome à fleurs et cornet renfermant des fleurs.

26 — Joli plat rond et creux à décor polychrome au centre,
figures chinoises dans un paysage. Au bord, ornements et écusson armorié en bleu et rouille.

27 — Plat rond à bord festonné, décor en camaïeu à ornements et écusson armorié au centre.

28 — Assiette à bord festonné, décor polychrome *à la
corne.*

29 — Petit plat rond, décor polychrome à fleurs et ornements ; au centre deux cornes d'abondance.

30 — Petit plat rond et creux, décor polychrome de style
chinois à paysage au centre et ornements au bord.

31 — Deux assiettes, décor polychrome à fleurs et oiseaux.

32 — Jolie assiette, décor polychrome à la corne et portant
au centre un écusson avec chiffre et couronne ducale.

33 — Jolie sucrière forme vase à décor très-fin en bleu et
rouille.

FAIENCES FRANÇAISES
DIVERSES

34 — Fabrique de Nevers. — Grand et beau plat rond à
décor de style chinois au centre et médaillons de paysages au bord, le tout en camaïeu bleu.

35 — Même fabrique. — Grande et belle buire à panse octogone et à anse enroulée, décorée de figures de style chinois et de paysages en camaïeu bleu.

36 — Même fabrique. — Deux cachepots décorés de fleurs, émaillées blanc et rouge sur fond bleu.

37 — Fabrique de Sinceny. — Joli vase de forme cylindrique à deux anses à décor polychrome, de style chinois, à fleurs et oiseaux.

38 — Deux jardinières à pans et à fond plat, à décor polychrome de style chinois, paysages et ornements.

39 — Même fabrique. — Assiette à décor polychrome de style chinois; au centre, paysage avec fabrique; au bord, fleurs et ornements.

40 — Fabrique de Moustiers. — Huit assiettes variées de décors. Ce lot sera divisé.

41 — Fabrique de Marseille. — Deux sucriers de forme contournée, décorés de fleurs polychromes et de hachures rouges.

42 — Même fabrique. — Deux cafetières, décor polychrome à fleurs.

43 — Même fabrique. — Neuf assiettes décor polychrome, oiseaux au centre et ornements au bord.

44 — Même fabrique. — Deux jolies assiettes décorées de paysages avec figures au centre et fleurs au bord.

45 — Même fabrique. — Trois assiettes à bords festonnés verts, décorées de figures et de fleurs.

46 — Même fabrique. — Deux assiettes et un plat décorés de fleurs.

47 — Même fabrique. — Deux pots à crème, une cafetière et une cuiller.

48 — Même fabrique. — Jolie soupière, décor polychrome à fleurs. Le bouton du couvercle est formé d'un groupe de légumes et de gibier.

49 — Faïence de Strasbourg. — Jardinière, de forme contournée, avec treillage à jour et à couvercle surmonté d'une rose.

50 — Plat rond à contours en faïence du Midi, décoré de fleurs sur fond jaune.

51 — Faïence allemande. — Six assiettes décorées d'insectes sur fond verdâtre.

52 — Même faïence. — Cruche, décor polychrome offrant sur sa face la figure du Christ au roseau.

53 — Faïence française. — Statuette de sainte femme debout.

54 — Même faïence. — Fontaine forme vase et son bassin forme coquille, décor polychrome.

FAIENCES DE DELFT

55 — Joli cartel porte-montre, de forme contournée, décor polychrome rehaussé d'or et enrichi de trois figurines d'amours en ronde bosse.

56 — Deux vases forme balustre carré, à ornements en relief et décor rehaussé d'or à figures et fleurs de style chinois. Socles et gorges en bronze doré.

57 — Joli sucrier avec plateau, décor à figures et ornements en bleu, rouge et or, dans le style des porcelaines du Japon.

58 — Beurrier décoré de fleurs en bleu, rouge et or.

59 — Deux petits plateaux ronds, à bord à côtes, décorés de fleurs et d'ornements en bleu rouge et or.

60 — Deux assiettes de même décor à bord uni.

61 — Pot à eau à pans et à côtes, avec cuvette, décor polychrome à fleurs et ornements.

62 — Deux jardinières en forme de commode, à décor polychrome à fleurs.

63 — Trois assiettes à décor en camaïeu bleu à dessins variés.

FAIENCES ITALIENNES

64 — Plat rond en faïence émaillée brun et décoré de sujets peints à l'huile. Au centre, la Cène et médaillons ronds renfermant des figures d'anges ; au bord, des fleurs et le tout rehaussé d'or, xvii° siècle.

65 — Plat analogue à celui qui précède ; au centre, buste de Diane entourée de fleurs.

66 — Plat rond en faïence de Faënza décoré d'ornements émaillés blanc et portant au centre un écusson armorié.

67 — Soupière oblongue à couvercle et à deux anses formées de mascarons, en ancienne faïence de Castelli, décorée de paysages et de monuments en ruines.

68 — Coupe ronde à couvercle, de même faïence, décorée de figures de génies ailés dans des paysages.

69 — Coupe ronde en faïence d'Urbino : Personnages de la fable se livrant aux plaisirs du bain.

70 — Jolie coupe ronde en faïence d'Urbino, à sujet tiré de l'histoire de Coriolan. Dans un cadre en bois sculpté et doré à mascarons.

71 — Plateau oblong décoré de fleurs et portant au revers les initiales C. G. et le nom Pesaro.

72 — Grande cafetière en faïence de Trévise, décorée de paysages.

73 — Petite assiette en faïence de Castelli, décorée de paysages.

PORCELAINES DE SAXE
ET AUTRES

74 — Brûle-parfums formé d'une coupe en vieux laque montée sur des branchages en bronze doré garnis de fleurettes de porcelaine et s'échappant d'un joli socle rocaille en bronze, sur lequel repose un cheval au galop en ancienne porcelaine de Saxe.

75 — Deux jardinières à deux anses ou cachepots en ancienne porcelaine de Saxe, décor à fleurs.

76 — Joli vase forme balustre à couvercle en ancienne
porcelaine de Saxe, décoré de fleurs en couleurs et or.

77 — Cabaret en ancienne porcelaine de Saxe, décoré de
rubans verts et de fleurs. Il se compose de dix tasses
à anses et six grandes pièces.

78 — Grand plateau oblong, à deux anses ornées de fleurs
en relief et à bord gaufré, décoré de fleurs.

79 — Ecuelle avec plateau et couvercle en porcelaine
moderne de Saxe, décorée d'oiseaux.

80 — Cabaret en ancienne porcelaine de Saxe à bord
gaufré et à côtes, décoré de tigres et de fleurs de style
chinois. Il se compose de six tasses avec soucoupes, un
sucrier et une cafetière.

81 — Quatre compotiers ronds en ancienne porcelaine de
Saxe à bords gaufrés et décor de fleurs.

82 — Dix-sept tasses et dix-sept soucoupes en porcelaine
de Saxe à fleurs.

83 — Trois tasses de même porcelaine, mais de décor
différent.

84 — Tasse et soucoupe en vieux Saxe, fond lie de vin et
médaillons de paysages.

85 — Deux tasses et deux soucoupes en vieux Saxe à décors
variés.

86 — Tasse en porcelaine de Vienne, décorée de roses et
dorée à l'extérieur.

87 — Cafetière en ancienne porcelaine de Hœchst, dite de
Mayence, décorée de groupes d'oiseaux, d'ornements
et de fleurs.

88 — Jolie théière en vieux Saxe à fleurs gaufrées en relief
et fleurs peintes.

89 — Trois pots à crème, un bol et un sucrier en porcelaine de Saxe, décorés de fleurs.

90 — Pot à crème et sucrier en vieux Sèvres pâte
tendre, décorés de fleurs.

91 — Tasse et soucoupe en vieux Sèvres pâte tendre, à
sujets de chasse en grisaille.

92 — Trois tasses et quatre soucoupes en Sèvres pâte
dure, décorées de fleurs.

93 — Groupe de quatre figures en porcelaine moderne de
Saxe ; le pommier.

94 — Groupe de même porcelaine : jeune femme en-
dormie.

95 — Deux figurines d'amours dans diverses attitudes.

96-99 — Treize figurines diverses. Ce lot sera divisé.

100 — Deux petits chiens assis et un oiseau en porcelaine
de Saxe.

101 — Deux tasses et deux soucoupes en vieux Saxe, décorées de fleurs de style chinois.

102 — Deux statuettes : la vue et le goût.

103 — Deux autres figurines : musiciennes.

104 — Deux autres figurines : Jardinier et jardinière.

PORCELAINES DE CHINE
ET DU JAPON

105 — Plateau rond à huit lobes, en ancienne porcelaine de
Chine, décoré de fleurs et d'ornements en émaux de la
famille rose.

106 — Petit cabaret en ancienne porcelaine de Chine, décoré d'armoiries. Il se compose de cinq tasses, sept
soucoupes, un pot à crème, une théière, un plateau à
sucre et un flacon à thé.

107 — Plat rond en ancienne porcelaine du Japon à décor
en bleu, rouge et or, à rosaces au centre et palmettes et
fleurs rayonnant du centre.

108 — Grand plat rond décoré à l'imitation des émaux dits
de la famille verte à corbeille de fleurs au centre.

109 — Deux tabourets de jardin, en porcelaine de Chine,
en forme de baril hexagonal et décorés de fleurs en camaïeu bleu.

110 — Joli sucrier en forme de pêche de longévité avec plateau en ancienne porcelaine de Chine, décorés de fleurs
et ornements émaillés en couleurs.

111 — Deux bouteilles à long goulot en porcelaine de
Chine à décor en camaïeu bleu. Les ors et le rouge ont
été refaits.

112 — Deux plats ronds et creux en ancienne porcelaine du
Japon, à décor d'arbustes et fleurs en bleu, rouge, vert
et or.

113 — Deux plats ronds en ancienne porcelaine de Chine,
décorés de fleurs et d'ornements et portant au centre un
chiffre couronné.

114 — Trois plats à bords festonnés en ancienne porcelaine
de Chine, décorés de fleurs en émaux de la famille
rose.

115 — Plateau rond en ancienne porcelaine du Japon à
décor de fleurs et d'ornements en bleu, rouge et or.

116 — Plat rond et creux en ancienne porcelaine de Chine,
décoré de fleurs en émaux de la famille rose et filigrane
d'émail blanc au bord.

117 — Deux figures d'hommes assis, en terre émaillée de
la Chine.

OBJETS VARIÉS

118 — Jolie petite horloge de bureau de forme hexagonale,
en cuivre doré et garnie de cariatides et d'ornements
argentés. Elle est renfermée dans une double boîte en
cuivre découpé à jour. Époque Louis XIII.

119 — Joli jeu d'échecs à figures en costumes du temps de
Louis XIII en ivoire et en ébène sculpté. L'échiquier
est en ivoire incrusté d'ébène. xviie siècle.

120 — Figurine en bronze du xvie siècle. Vénus debout.

121 — Aiguière persane à long goulot, en cuivre gravé à figures et animaux.

122 — Flacon en cristal de roche, de forme aplatie, monté en argent doré. Travail moderne.

123 — Bonbonnière ronde galonnée d'or, ornée de deux miniatures peintes en grisailles signées : Chaise et représentant une offrande à Priape, et Mars, Vénus et l'Amour.

124 — Miniature carrée sur vélin. Portrait de *Philippe, petit-fils de France, duc d'Orléans, régent du royaume.*

125 — Deux miniatures sur ivoire; portrait de Marie-Antoinette et portrait d'homme.

126 — Grand fixé rond par Xavier Leprince, 1822. Scène de voyage.

127 — Deux statuettes en terre cuite; enfants musiciens. Travail moderne.

128 — Figurine d'homme assis, en marbre tendre.

MEUBLES ET DIVERS

129 — Jolie pendule du temps de Louis XIV, plaquée d'écaille rouge et garnie de beaux ornements de bronze.

Les angles coupés sont ornés de cariatides, et la plaque qui supporte le cadran représente des figures allégoriques. Mouvement de Chantereau, à Paris.

130 — Coffret en bois sculpté à bustes et ornements dans le style du xviᵉ siècle.

131 — Deux bras de cheminée en bronze ciselé et doré, à trois lumières, modèle à rinceaux, reliés par des guirlandes de fleurs, et surmontés de cassolettes à trépied.

132 — Deux vases à deux anses en bronze doré, ornés de bas-reliefs, jeux d'enfants. Travail moderne.

www.ingramcontent.com/pod-product-compliance
Lightning Source LLC
LaVergne TN
LVHW012133170726
843501LV00008BC/3162